TERRI LIBENSEN

Emmie Unsichtbar

Kann ich bitte mein Leben umtauschen?

Übersetzung aus dem amerikanischen Englisch
von Ulrike Nolte

Boje

MIX
Papier aus verantwortungsvollen Quellen
FSC® C084279
FSC www.fsc.org

Dieser Titel ist auch als E-Book erschienen

Titel der amerikanischen Originalausgabe:
„Invisible Emmie“

Für die Originalausgabe:

Published by arrangement with Terri Davis

Dieses Werk wurde vermittelt durch die Literarische Agentur
Thomas Schlück GmbH, 30827 Garbsen

Für die deutschsprachige Ausgabe:

Umschlaggestaltung: Annika Kalteyer
Umschlagmotiv: © 2017 by Terri Libenson
Satz: Elke Günzel, two-up, Düsseldorf
Gesetzt aus der Kidwriting Black
Druck und Einband: Print Consult GmbH

Printed in Slovakia
ISBN 978-3-414-82492-9

1 3 5 4 2

Sie finden uns im Internet unter: www.boje-verlag.de

Für Mike, Mollie und Nikki
(und für die 13-jährige Terri,
die mich zu diesem Buch inspiriert hat)

PRÄ-PROLOG (Ja, das Wort gibt's wirklich)

Das bin ich.

Vermutlich fragt ihr euch, wie ich zu einer Pfütze aus schleimigem Glibber geworden bin.

Leicht zu erklären. Das hat nur einen einzigen Tag gebraucht. Okay, fünf Stunden, um genau zu sein. Außerdem war noch eine superpeinliche Aktion nötig. Mehr dazu später.

Ich fand mich nie besonders gut aussehend, aber eine Glibberpfütze ist **wirklich** nicht attraktiv. Also hoffe ich, dass ich demnächst wieder menschliche Form annehme.

Glibberpfütze
noch unattraktiver mit
Haaren und Augäpfeln

Aber erst mal sollte ich wohl vorn anfangen. Oder in diesem Fall mit dem …

PROLOG

Es gibt ziemlich viele Kinderbücher über Außenseiter. Ich habe sie vermutlich alle gelesen. Meistens läuft die Story ungefähr so:

1) Die Hauptfigur ist irgendwie schräg ...

superschlau ...

oder hat ein Handicap.

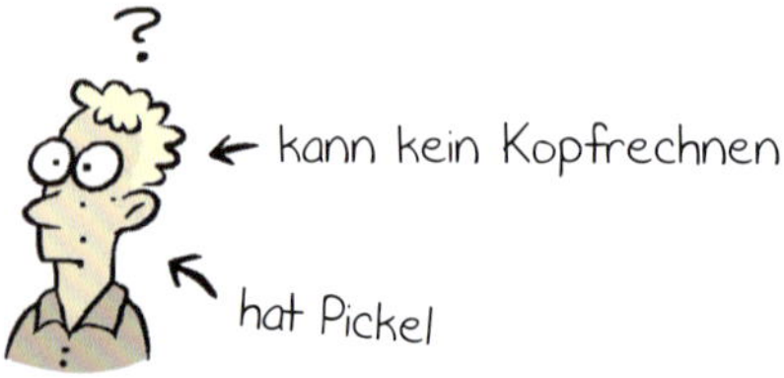

2) Auf der Hauptfigur wird herumgehackt.

3) Die Hauptfigur bekommt ihre Rache ...

oder verdreht die Rollen und „erteilt eine Lektion".

4) Nebenbei findet die Hauptfigur ein oder zwei genauso komische Freunde, sodass sie nicht mehr allein ist.

Das ist alles schön und gut, aber wo sind die Bücher mit einer *anderen* Art von Hauptrolle? Ich meine über Kinder, die nicht gerade zu den schrägen Typen gehören …

oder superschlau sind …

oder … na ja, so was.

Vielleicht warten sie nur darauf, Helden zu werden.

Und was ist, wenn auf diesen „Helden" eigentlich nicht herumgehackt wird?

Sondern wenn sie bloß niemand ... bemerkt?

EMMIE

Mein Name ist Emmie Douglass. Ich bin dreizehn Jahre alt und gehe in die siebte Klasse.

Ich bin hier in Lakefront auf die Welt gekommen. Laut Aussage meiner Eltern mit einem „Gebrüll, bei dem die Fenster gezittert haben". Sie erzählen das immer, als sei es der größte Witz überhaupt.

„Ironie" nennt mein Vater so was.

Ich nenne es „falsche elterliche Erwartungen“.

Ja, richtig geraten, ich bin ziemlich still. War ich immer schon, zumindest solange ich mich erinnern kann. Die Babygeschichte muss ein Ausrutscher gewesen sein. Allerdings habe ich zwei sehr viel ältere und lautere Geschwister. Da meine Mom behauptet, als Kleinkind sei ich gesprächiger gewesen, habe ich folgende Theorien:

a) Mir wurde es zu anstrengend, gegen die beiden anschreien zu müssen, und ich habe einfach aufgegeben, oder …
b) als sie älter wurden und ständig unterwegs waren, blieben für mich nur noch die Erwachsenen übrig. Und wer will schon mit Erwachsenen reden?

Ganz nebenbei, wenn man Geschwister hat, die so viel älter sind, nennt man das bei uns ein „Ups-Baby“. Darüber denke ich lieber gar nicht nach.

Na ja, jedenfalls gehen Brandon und Trina schon aufs College und wohnen nicht mehr bei uns. Meine Eltern arbeiten beide Vollzeit, also bin ich viel allein.

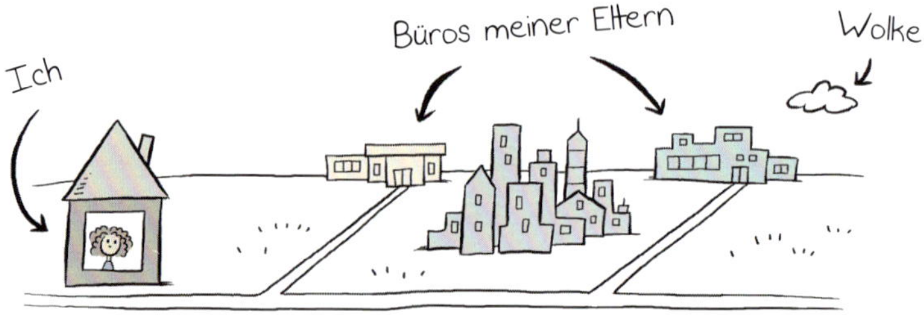

So war es nicht immer. Als meine Geschwister noch jünger waren, ist Mom zu Hause geblieben und hat auf sie aufgepasst. Die beiden haben ständig Freunde angeschleppt, und in der Wohnung ging es ziemlich laut zu. Ich glaube, als ich schließlich auftauchte, waren meine Eltern reif für eine dauerhafte Flucht. Also hat meine Mom sich einen neuen Job in einem Fitnesscenter gesucht, und mein Dad arbeitet 70 Stunden die Woche als IT-Manager (was auch immer das bedeuten soll). Das bedeutet, dass es im Haus heute ziemlich still ist.

Bevor ihr nun anfangt, Mitleid mit mir zu haben, sollte ich wohl eines klarstellen: Meine Eltern vernachlässigen mich nicht. Sie sind bloß sehr beschäftigte Leute. Wenn wir zusammen sind, habe ich ihre volle Aufmerksamkeit. Sie achten sogar auf Augenkontakt und so was.

Ich glaube, weil ich als letztes Kind noch zu Hause bin, wollen meine Eltern auch mal Zeit für sich. Aber wann immer sie sich blicken lassen, sind sie überfürsorglich.

Manchmal hätte ich gerne etwas Mittelmaß.

Meine Mutter ist eine Gesundheitsfanatikerin und hat beschlossen, ihren „zweiten Frühling" damit auszufüllen. Deshalb hat sie einen Job im Fitnesscenter. Zum Teil arbeitet sie am Empfangstresen und zum Teil als Trainerin im Cardio-Bereich. Mom hat mehr Muskeln im großen Zeh als ich im ganzen Körper.

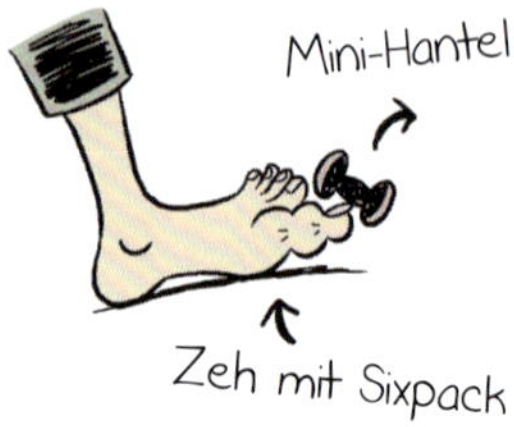

Zum Thema Fitness gehört auch Ernährung. In unserem Essen sind Sachen wie „Quinoa" und „Vollkornkleie" ... nicht zu vergessen das neueste vegane Superfood des Monats.

Sagen wir mal so: Unser Klo ist auch voll im Training.

Ich ähnele eher meinem Vater. Wir sind beide ziemlich still, allerdings ist er besser in Mathe und Zahlenkram. Manchmal sitzen wir stundenlang zusammen, ohne zu reden. Bestimmt denkt ihr jetzt, das sei total krampfig.

Okay, ist es auch.

Aber es kann auch richtig nett sein.

Was Freunde betrifft, bin ich versorgt. Ich habe eine beste Freundin, Brianna. Wir kennen uns schon, seit sie im Kindergartenalter aus Atlanta hergezogen ist. Sie wohnt nur neun Minuten entfernt – jedenfalls mit dem Auto. Zu Fuß braucht man ca. hundert Minuten (und achtundzwanzig Minuten mit dem Fahrrad, um genau zu sein, aber das benutzt hier keiner). Mehr zu Bri später.

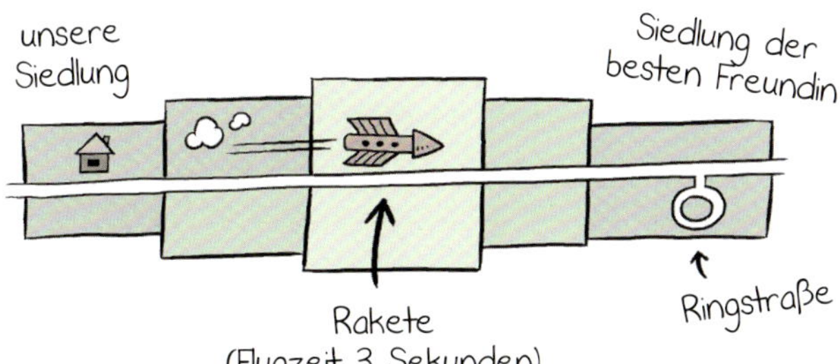

Wenn ich alleine bin, beschäftige ich mich am liebsten mit Zeichnen. Das ist besser, als vorm Fernseher zu hängen. Eigentlich läuft nie etwas, das mich wirklich interessiert.

Außerdem bin ich richtig gut. Ansonsten habe ich eher wenig Talent (z. B. Sport), aber Kunst gibt mir das Gefühl, etwas zu können, was viele andere nicht hinbekommen.

Wie auch immer. Bei den ganzen üblichen Sachen, durch die man Aufmerksamkeit bekommt, bin ich eine ziemliche Niete.

Das ist mein Leben in Kurzform. Sehr interessant ist es nicht. Aber ich stelle mir gerne vor, dass sich das eines Tages ändern wird.

Es **muss** einfach was Interessanteres geben.

Mein Name ist Katie.
Ich bin in der siebten Klasse
der Lakefront Middleschool.
Genau, das bin ich.
lange, schimmernde Haare
große Augen
Wie meine Freunde mich beschreiben:
✓ gut gelaunt
✓ supernett
✓ sportlich
100 neue Nachrichten
(Ich könnte noch weitermachen, aber dann würde ich rot werden.)

Hier wohne ich.
Haus im Mittelpunkt
Sonnenschein
ich
Freundes-
kreis
Zentralste Siedlung
der Stadt

Das sind meine Eltern. Sie stellen Süßigkeiten her, die sie online verkaufen. Manchmal benutzen sie mich als Testesser.
Hier, meine Süße, probier mal dieses Schokoladenrezept.
mmh
Bessere Idee: Wir machen Pause und gehen ausgiebig shoppen!
Rezept #42

Sie sind ziemlich cool, besonders für Eltern.
selbst gemachte Käsenudeln (nicht aus der Tüte)
Käseschüssel zum Auslecken
Schokoschüsseln, schon leer geleckt
Nur Einsen? Gut gemacht! Dafür erhöhen wir dein Taschengeld um 200%.
Danke, Mom!
Zeugnis
Und bisher haben sie mich noch nie blamiert.
Tschüss, Dad!
Deine Eltern sind sooo cool!
Sportwagen
rot vor Stolz

Ich habe jede Menge Hobbys.
Vor allem Mode, Musik
und die Planung kleiner Events.
Katie, ich glaube nicht, dass alle deine Freunde ins Haus passen.

Außerdem mag ich Sport, z.B. Volleyball.
Mein Team behauptet, dass ich toll bin,
aber manchmal übertreiben sie.
Wow, Katie!
Du hast den Siegpunkt geholt!
TSCHACK

An den Wochenenden machen meine Freundinnen und ich gern Pyjamapartys. Aus irgendeinem Grund gefällt es ihnen bei mir am besten.
Noch ein paar Pralinen, Karamell oder Toffees mit Erdnussbutterfüllung, Mädels?
Ja, bitte!
RÜLPS

Manchmal gehen wir ins Einkaufscenter, und ich lerne neue Leute kennen.
Hi, ich bin auf Talentsuche für Hollywood und brauche ein waschechtes US-Girl als Star für den nächsten Teenager-Blockbuster. Interessiert?
Vertrag
Prima

Manche Leute denken, ich habe einfach Glück, aber ich arbeite hart für alles.
Ich habe jedes Wochenende Volleyball-training.
TSCHUNGKAH
Ich lerne jeden Abend für die Schule.
auswendig gelernte Bücher
Ich kümmere mich intensiv um meine Haut.
selbst patentierte Gesichts-creme
Ich schreibe und telefoniere regel-mäßig mit meinen BFFs, denn nur so bleiben Freundschaften erhalten.
(14. BFF)
bla yeah bla
Also, eigentlich bin ich ein total normaler Teenager.
Du bist zur Königin des Abschlussballs gewählt worden!
Aber ich bin doch erst in der Mittelstufe.
Für dich haben sie eine Ausnahme gemacht.
(Okay … vielleicht habe ich doch ein bisschen Glück.)

EMMIE

Heute ist Montag, also muss ich zur Schule. Dazu habe ich wirklich, **wirklich** keine Lust.

Zwar bin ich zu Hause oft allein, aber das ist immer noch besser als Schule. Denn Schule bedeutet: Lehrer, Mitschüler und merkwürdige Dinge, die auf dem Fußboden verwesen.

An den Wochentagen versuche ich, so lange zu schlafen wie möglich. Mit meinen Locken lässt sich sowieso nicht viel anstellen, und schminken darf ich mich bisher nicht, also muss ich eigentlich nur aufwachen und los.

Das Frühstück ist mehr oder weniger Routine. Ich esse Müsli, mein Dad reißt Witze und versucht meine Laune zu heben, während Mom rumhetzt und auf den letzten Drücker ihre Sachen sucht.

Wie ihr sehen könnt, bedeutet Routine nicht unbedingt „Ruhe".

Manchmal vermisse ich meine Geschwister. Selbst wenn sie sich beim Frühstück gestritten haben, blieb dadurch wenigstens nicht die ganze Aufmerksamkeit an mir hängen. Aber das ist schon eine Weile her. Tatsächlich sind sie seit über zwei Jahren nicht mehr da.

Ab und zu rufe ich Brandon oder Trina morgens vor dem Unterricht an. Ich tue so, als hätte ich eine komplizierte Hausaufgabenfrage (deshalb reicht schreiben nicht), aber eigentlich vermisse ich bloß ihre Stimmen. Die beiden sind überraschend nett, solange sie nicht im selben Haus wohnen.

Heute habe ich keine Zeit für Anrufe. Stattdessen schlürfe ich schnell mein Müsli in mich hinein und ignoriere Dads Flachwitze und Moms hektisches Gewusel. Bald darauf ist es Zeit aufzubrechen.

Wenigstens habe ich das Glück, nah genug an der Schule zu wohnen, damit ich nicht mit dem Bus fahren muss. Das ist nämlich die Hölle. Früher hatte ich einen Pendelbus in die Grundschule und versuche immer noch, die Erinnerung daran zu verdrängen.

Mein Vater setzt mich auf dem Weg zur Arbeit ab.

Das ist einen Hauch besser.

Immer wenn ich das Schulgebäude betrete, bekomme ich innere Verknotungen. Mein Magen wird ganz hart und lässt sich nur entkrampfen, indem ich zehnmal tief durchatme. Diese Methode habe ich nach den allerersten Tagen in der Mittelschule entwickelt. Sie hilft mir, mich zu „erden", wie es die Yoga-Frau auf Moms DVD nennt. (Mom bringt immer kostenlose Schulungsfilme vom Fitnesscenter mit.)

Die Yoga-Frau hat mich zwar auf die Idee zu meiner Atemübung gebracht, aber das war's dann schon. Sie sagt auch Sachen wie „Lasst eure Nieren erblühen" und „Die Kraft des Pluto wurde deaktiviert".

Als Erstes gehe ich zu meinem Spind. Der Flur ist supervoll, also muss ich mich in Schlangenlinien durch die Menge ducken, um hinzukommen. Ich bemühe mich krampfhaft, nicht angerempelt zu werden. Körperkontakt wird in der Mittelschule nicht gerne gesehen.

Am Ende des Flurs sehe ich zwei Jungs, die vor meinem Spind stehen und sich unterhalten. Also, eigentlich ist die Unterhaltung eher ein animalisches Affengrunzduett.

Jungs.

Na toll.

Ich kann nicht mit Jungs reden.

(Okay, ich kann eigentlich mit niemandem reden, aber besonders nicht mit Jungs.)

Ich verlangsame meine Schritte in der Hoffnung, dass sie mich innerhalb der nächsten dreißig Sekunden bemerken und beiseitegehen.

Um Zeit zu gewinnen, tue ich so, als würde ich Brianna von meinem Handy simsen. (Nein, kein Smartphone. Eines dieser altmodischen Klappdinger, die vor geschätzten zehn bis dreißig Jahren benutzt wurden. Das Handy hat vorher meiner Mom gehört. Außer telefonieren und SMS schreiben kann es gar nichts. Meine Eltern erlauben mir kein Smartphone, bevor ich nicht auf der Highschool bin – was besonders nervig ist, weil ich genug Geburtstagsgeld gespart habe.)

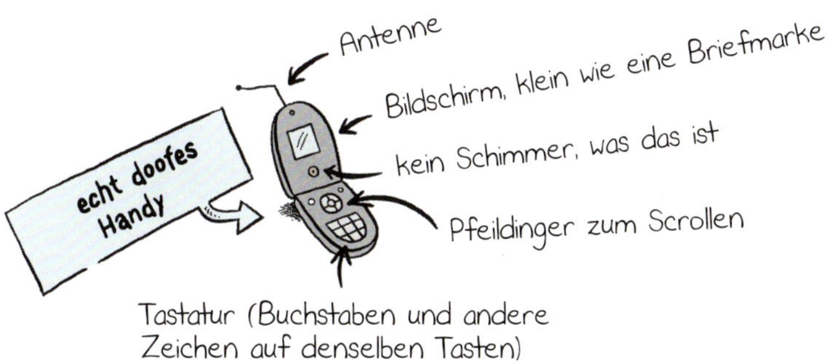

Ich schreibe Brianna nicht wirklich. Sie ist vermutlich gerade damit beschäftigt, frühmorgendliche Extrapunkte zu sammeln, indem sie ein Heilmittel für Krebs entwickelt oder so (mehr dazu später). Ich will den Jungs bloß Zeit geben, mich zu bemerken.

Tja, das klappt schon mal nicht.

Also nehme ich all meinen Mut zusammen und rede mit ihnen.

Schon klar, sie haben sich kaum gerührt, aber trotzdem ist das ein kleiner Sieg für mich. Normalerweise reagieren die Leute eher genervt, wenn ich etwas sage, und wollen, dass ich alles wiederhole oder lauter spreche.

Das finde **ich** wiederum ziemlich nervig.

Also genieße ich meinen Erfolg, packe meine Jacke und den Rucksack weg, hole meine Bücher raus und bleibe dann noch einen Moment stehen. Spind 322 bietet perfekten Schutz und Privatsphäre ... besonders, wenn man den Kopf ins obere Fach steckt.

Manchmal frage ich mich ... Sieht mich überhaupt jemand?
Und will ich das eigentlich?

Heute ist Montag, also Zeit für die Schule.
Ich gehe direkt zu meinem Spind.
Meine BFFs warten schon auf mich.
bssss
lustig flackernde Neonlampen
müffelnder Typ
KATIEE!!
Pop
BFFs

Der Flur ist supervoll, aber alle sind total nett und machen mir Platz.
M'lady
wird rot
Danke!
Mein Spind liegt genauso zentral wie mein Haus.
Spinde aller süßen Jungs
Beeil dich, Katiiie!
Ich habe ein paar Minuten übrig, also plaudere ich mit meinen Girls. Wir reden über Filme, Volleyball und meine Matheprobleme.
Ich bin auf eine 1- abgerutscht!
Vielleicht gibt dir Mr Dodd Extrapunkte.
Ich wünschte, ich hätte eine 1-.

Schnell kommen noch ein paar Freundinnen dazu. Wir reden über die Winterferien.
Ich fliege nach Florida.
Ich nach Kalifornien.
Ich will den ganzen Tag durchschlafen.
Wo bist **du** denn in den Ferien, Katie?
Genau, Katie!
Alle reden gleichzeitig auf mich ein (was mir ständig passiert). Bevor es bei den Girls zu Streit kommt, unterbreche ich sie lieber.
Hey, Leute, es klingelt gleich.
KEUCH!
Wirsehnunsinder-pause!
Tschüss, Katiiie!

Endlich geht es in den Klassenraum.
Ich kann es kaum erwarten,
dass der Schultag anfängt.
RRINNGG
POP

EMMIE

Vor der ersten Stunde – Orgakram und Freiarbeit – treffe ich mich mit Brianna. Sonst sind wir den ganzen Tag nicht zusammen, außer in der Mittagspause. Ihre Kurse sind nämlich alle nur für **Fortgeschrittene**.

Wir gehen los und plaudern. Das ist die beste Zeit des ganzen Schultages. Ich fühle mich regelrecht … normal.

Sobald wir den Raum für die Orientierungsstunde erreichen, müssen wir uns trennen. Brianna (Nachname: Davis) sitzt auf der linken Seite des Klassenraums bei Da-De, während ich auf der rechten Seite bei Do-Du einsortiert bin. Das ist total unfair. Ich bin nur ein paar Buchstaben davon entfernt, sie als Sitznachbarin zu haben.

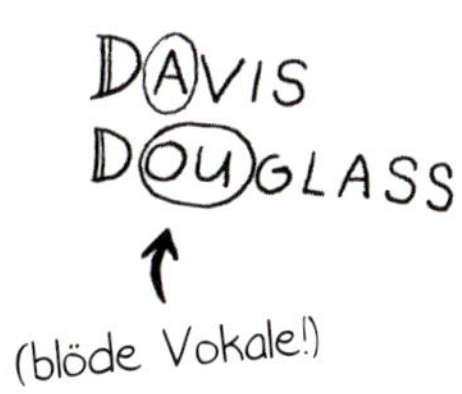

Ich setze mich an meinen Tisch und versuche, nicht aufzufallen. Nicht besonders schwer, denn die meisten von uns kennen sich kaum (und mehr will auch niemand). Man hat uns nur für die Orientierungsstunde zusammengesteckt, weil unsere Namen im Alphabet eng beieinanderliegen. Seit der sechsten Klasse sitze ich hinter Lindsay Donsky, und soviel ich weiß, haben wir exakt sechs Worte miteinander gewechselt.

Außerdem umwölkt sie sich das ganze Jahr mit einem Zimt-Ingwer-Deo und riecht wie ewige Weihnacht. Also war ich immer zu sehr mit Niesen beschäftigt, um viel zu sagen (siehe Erinnerungsblase oben).

In der Orientierungsstunde erledige ich den Großteil meiner Hausaufgaben ... was meine Eltern besser nicht herausfinden sollten. Aber sie im Dunkeln zu lassen, ist kein Problem. Sie haben sich schon völlig damit ausgepowert, meinen Geschwistern jahrelang bei den Schularbeiten zu helfen, und als ich schließlich so weit war, wurde ich ermutigt, „selbstständig zu denken". Deshalb habe ich ganz selbstständig beschlossen, ein Drittel meiner Hausaufgaben abends zu erledigen und zwei Drittel während der Orientierungsstunde. Das funktioniert an ungefähr drei Vierteln meiner Schultage, nämlich wenn Dad sich morgens nicht verspätet.

Also, jetzt sitze ich jedenfalls eingeklemmt zwischen Lindsay Donsky und Kyle Duncan. Zwei von den populären Kids, die an mir vorbeireden, als sei ich gar nicht da.

Ich starte mit den Englischaufgaben, vor allem um Mathe zu vermeiden, weil ich darin grottig bin. Wenn Bri neben mir sitzen würde, könnte sie mir helfen.

Als hätte sie meine Gedanken gelesen, simst sie mir in diesem Moment. Ich bin froh, dass ich daran gedacht habe, mein Handy lautlos zu stellen. Eigentlich dürfen wir es im Unterricht nicht dabeihaben, aber das wird von allen ignoriert. Ab und zu erlaubt ein Lehrer sogar, Aufgaben mit dem Handy zu lösen. Na ja, wenn man ein Smartphone hat und kein Modell wie meins, das geschätzte dreitausend Jahre alt ist.

Zurück zum Thema. Ich bemerke Bris Nachricht und werfe hinter meinem Englischheft einen unauffälligen Blick darauf.

Ich antworte (sarkastisch).

Mit „ihm“ meint Bri ...

Okay, dazu kommen wir später.

Erst einmal geht es hier um meine beste Freundin, und vielleicht ist das ein guter Moment, um euch mehr über Brianna zu erzählen. Abgesehen davon, dass sie ein Superhirn ist, meine ich.

Wir haben uns mitten im Kindergarten kennengelernt. „Mitten“ sage ich deshalb, weil ihre Familie aus Atlanta hergezogen ist, und zwar im Dezember. Ihr Vater hat eine neue Stelle bekommen, und Bri ist seitdem jeden Winter stinkwütend auf ihn.

Ich glaube, wir sind damals Freundinnen geworden, weil ich immer nett war und sie immer ziemlich dominant.

Das passte prima.

Ich habe schon gesagt, dass Brianna schlau ist. Aber das trifft es nicht wirklich. „Begnadet" wird sie von Lehrern und Eltern genannt. In der Grundschule war sie immer die Beste. Sie hat bei allen Rechtschreibwettbewerben abgeräumt und mit ihren Mathe- und Wissenschaftsprojekten jedes Jahr die Schülermesse gewonnen.

Trotz ihrer Hyperintelligenz macht es Spaß, mit ihr herumzuhängen (obwohl sie weiterhin immer der Boss sein will). Wir haben den gleichen Geschmack bei Musik, Filmen und Büchern. Außerdem haben wir beide eine wilde Fantasie und denken uns oft „Was wäre, wenn"-Spiele aus. Ihr macht es sogar Spaß, mir bei Mathe zu helfen, auch wenn ich ein hoffnungsloser Fall bin.

Bris Eltern haben sich kurz vor der fünften Klasse scheiden lassen. Ich gebe das nicht gerne zu, aber ihre schwerste Zeit war für mich die schönste. Damals hat Bri ständig bei mir übernachtet.

Am Ende des Jahres ging es Bri wieder besser, aber wir beide waren unzertrennlich. Okay, bis auf die zwei Wochen, als sie zu einem Roboter-Feriencamp gefahren ist. Ansonsten waren wir die ganze Zeit zusammen.

Doch sobald wir auf die Mittelschule kamen, änderte sich alles. Wir sind zwar noch immer beste Freundinnen, aber sie wurde geradewegs in die Förderkurse für Hochbegabte gesteckt, sodass ich alleine war. Das war ziemlich hart für mich, vor allem, weil Brianna schnell neue Freunde fand.

Und je öfter ich alleine war, desto stiller wurde ich.

Aber wie gesagt, wir sind immer noch beste Freundinnen. Sie versteht, wie ich ticke, trotz meiner Schüchternheit usw. Da ist sie so ziemlich die Einzige. Uns beide verbindet eine lange Geschichte.

Okay, aber jetzt zurück zur ersten Schulstunde. Bri simst:

Ich kichere, seufze ein bisschen und mache mich wieder an die Hausaufgaben. Zumindest versuche ich das.

Für den Rest der Stunde beobachte ich heimlich die anderen. Alle sind dabei zu simsen, Zettel auszutauschen oder sich über zugemüllte Tische hinweg etwas zuzuflüstern. Dabei scheint es ihnen egal zu sein, ob sie mit ihren Sitznachbarn befreundet sind oder nicht. Bei den anderen klappt das anscheinend mit jeder beliebigen Person.

Mein Magen beginnt, sich in Knoten zu legen.

Erst kurz bevor es zur Pause läutet, fällt mir auf, dass ich bei der Englischaufgabe eine Frage nicht beantwortet habe. Hastig kritzle ich einen Absatz und schwöre mir zum millionsten Mal, dass ich meine Schulaufgaben in Zukunft sofort machen werde, wenn ich nach Hause komme, statt sie den ganzen Abend vor mir herzuschieben (und stattdessen zu zeichnen).

Nach Hause.

Bis dahin muss ich nur noch sieben Stunden überstehen. Der Countdown läuft …

Orientierungsstunde. Mein Lieblingsfach. Obwohl – zählt die Orientierungsstunde eigentlich als Unterricht?
chillen
lernen
Wolke aus weihnachtlichem Deo

Da ich meine ganzen Hausaufgaben schon nach dem Volleyball erledigt habe, bleibt mir jetzt Zeit für wichtige Neuigkeiten ... wie das folgende Gerücht.
Also, ein gewisser 7-Klässler ist *scharf* auf dich.
hatschi!
!
quietsch!
Zurück auf Ihren Platz, Miss Hilliard.
Aber ich höre natürlich nicht einfach auf Klatsch (selbst wenn er aus sicherer Quelle stammt).
Woher weißt du das?
Ein Freund einer Freundin seiner Schwester hat davon geredet.
Ist das nicht aufregend, Katie?
Ja, total. Er ist der netteste, freundlichste (süßeste) Junge im ganzen Jahrgang.

Ich **bin** tatsächlich aufgeregt, aber es ist schließlich nur ein Gerücht.
Das ist **echt** wahr. Ich habe es direkt von der Quelle ... seiner Schwester um zwei Ecken. Äh ... glaube ich.
Ich versuche, mich vom Gedanken an *ihr-wisst-schon-wen* nicht ablenken zu lassen. Stattdessen konzentriere ich mich aufs Leutebeobachten. Das **liebe** ich einfach.
Wow, die scheinen alle eine Menge Hausaufgaben zu haben.
Oh, verdammt! Ich habe vergessen, für Französisch zu üben.
Argh! Mathe.
Manchmal bin ich echt froh, dass ich so gut organisiert bin. Jede Menge Zeit zum Entspannen.
sims sims sims
kritzel kritzel kritzel

EMMIE

Auf zum ersten Kurs des Tages. Brianna und ich trennen uns.

Ich arbeite mich durch das Flurlabyrinth und vermeide Menschenkontakt. Meine Eltern sagen mir immer, dass ich den Kopf heben und gerade gehen soll.

Da frage ich mich, ob sie jemals selbst in der Mittelschule waren. Denn dann müssten sie doch wissen, dass Kopfheben gefährlich sein kann. Etwas Ekliges könnte dagegenfliegen.

Ich muss einen Umweg über das Mädchenklo machen. Die Schlange reicht bis auf den Gang.

Einen Moment überlege ich, ob ich lieber verzichten soll, aber dann überstehe ich vermutlich die nächste Stunde nicht. Mein Chemielehrer Mr Danker ist dafür bekannt, dass er keine Pinkelpausen erlaubt. Das haben wir in den ersten Schultagen schnell herausbekommen.

Ich warte ewig.

Und länger

Und noch länger. Inzwischen hat meine Blase ein echtes Problem. (Die Yoga-Frau würde sagen, sie ist „überfeuchtet".)

Ich fange an herumzuträumen, um mich von dringenderen Bedürfnissen abzulenken. Sommerferien. Ich wünschte, wir hätten jetzt Juni. Oder wenigstens die nächsten freien Wintertage. Oder sonst eine Zeit, in der ich nicht mit Horden von Gleichaltrigen zusammen sein muss.

Ich denke an einen Familienausflug zu den Niagarafällen. Ich war sechs, und meine Geschwister wohnten noch zu Hause. Damals habe ich noch geredet. Sehr viel. Das ist ein Fakt, denn mein Bruder hat sein Handy gezückt und mich aufgenommen, wie ich während der Autofahrt ganze 45 Minuten nicht aufhörte. Ich plapperte über eine Verabredung mit Brianna. In meiner Familie heißt es scherzhaft, sie würden die Aufnahme für immer als „Beweisstück" behalten.

So witzig war das nun auch wieder nicht.

Außerdem ist es in meiner augenblicklichen Situation nicht sehr hilfreich, an die Niagarafälle zu denken.

Da erinnere ich mich lieber an den Kurztrip nach Chicago, den meine Eltern und ich letztes Frühjahr unternommen haben. Das war das erste und einzige Mal, dass beide sich gleichzeitig entschieden haben, Urlaub einzureichen. Ich weiß noch, wie ich vor der riesigen spiegelnden Bohnenskulptur im Millenium-Park stand und Grimassen geschnitten habe. Und dann waren wir im Kunstmuseum, wo eine Menge Bilder von Paul Klee hingen (mein Lieblingsmaler). Und ich habe die beste Pizza meines Lebens gegessen (auch wenn mein Dad das nie zugeben würde, denn als New Yorker mag er aus Prinzip nur flache Pizzen.)

Aber woran ich mich vor allem erinnere, ist das Gefühl, dass sich ein paar Tage lang scheinbar alles nur um mich drehte – und zur Abwechslung war die Aufmerksamkeit nicht nervig oder peinlich. Ich bekam sie einfach so, ganz nebenbei. Wir waren alle total tiefenentspannt. Meine Eltern waren entspannt (statt abgelenkt rumzuhetzen oder Fragen auf mich abzuschießen), und ich war entspannt. Außerdem konnte ich mir aussuchen, wohin ich gehen und was ich machen wollte. Ganz anders als in der Schule.

Lautes Spülen unterbricht meinen Tagtraum. Endlich wird eine Kabine leer. Aber dann drängelt sich ein bulliges Mädchen vor.

Jetzt bin ich wirklich spät dran. Als ich endlich aus der Toilette komme, sind die Flure praktisch leer. Das bedeutet, ich könnte Ärger bekommen. Das ist mies. Außerdem werden mich alle anstarren, wenn ich in die Klasse komme. Das ist noch mieser.

Ich renne in den Chemieraum und stelle fest, dass jeder außer mir schon auf seinem Platz sitzt. Glücklicherweise unterhalten sich alle und beachten mich nicht.

Der Lehrer ist auch noch nicht da. Ich setze mich unauffällig hin und wünsche mir zum hundertsten Mal, ich hätte einen Platz ganz hinten. Außerdem hätte ich auch gerne jemanden zum Reden. Also Bri.

Die Klatschtanten sind heute richtig in Fahrt. Ich hätte nie gedacht, dass man so viel über gar nichts reden kann. Finde ich das jetzt gruselig oder beeindruckend? Vielleicht beides. Man sollte meinen, dass ihnen irgendwann der Kiefer wehtut.

Alle haben jemanden zum Reden außer mir. In meinem Magen breitet sich das bekannte krampfige Gefühl aus. Ich starte meine zehn Atemzüge, aber diesmal funktioniert der Trick nicht. Vielleicht ist meine Wirbelsäule zu entsaftet oder so.

Ich gehe zu Plan B über. Das heißt, ich vergrabe mein Gesicht so tief wie möglich in meinem Hausaufgabenheft und beginne zu kritzeln.

Ich warte. Und zeichne.

Je länger ich zeichne, desto mehr entknotet sich mein Magen.

Ich wünschte, ich könnte den ganzen Tag zeichnen.

Wie die meisten Mädchen lege ich vor dem ersten Schulkurs noch einen Kurztrip zum Klo ein.
Hi, Katie!
#1
Mathe Bri-anna Davis
Was geht, Katie?
HZ + LM
huscht eilig aus dem Weg

Anscheinend ist mein Glückstag, denn ich ergattere einen guten Platz in der Schlange.
Ich bin spät dran. Du kannst meinen Platz haben.
Sind die anderen dann nicht sauer?
Sauer auf **dich**? Also ehrlich!

Wow! Nicht das kleinste Stück Spiegel frei. Morgan will mir Platz machen, aber ich folge dem Ruf der Natur.
Trotzdem danke, Morgie.
Sperrzone
Nach dir.
Als ich rauskomme, sind die Flure wie ausgestorben.
Ups, ich bin zu spät.
frischer Lipgloss
30 neue Nachrichten
Hoffentlich bekomme ich keinen Ärger. Beim Zuspätkommen ist es manchmal schwierig, sich rauszureden.
... und ich dachte, die Ratte wäre tot, aber dann ist sie direkt in meine Handtasche gesprungen!
Oh, mein armes Mädchen. Nimm dir den Nachmittag frei.

Aber als ich beim Chemieraum ankomme, ist der Lehrer nirgends zu sehen (Juhu!).
Gib mir fünf!
der Junge, von dem alle sagen, dass er mich toll findet
Katiiiile!

Dahinter sitzt das Mädchen, das immer so still ist. Sie zeichnet gern. Ich rede lieber. Oder chatte.
kritzel kritzel
klicker klicker klicker
bling
Er steht total auf dich
verbotenes Chatten

Joe Lungo hat anscheinend Langeweile, denn plötzlich …
Hey, was malst du da?
Äh … nichts.
Zeig her
SCHNAPP
HA HA HA
„Katie!“

Tja, ich bin zwar ein netter Mensch, aber kein stilles Mäuschen. Als ich meinen Namen aus Joes Mund höre, werfe ich ihm einen vernichtenden Blick zu. Er zieht den Kopf ein.
Sorry, dass ich spät dran bin. Lasst uns anfangen.
tödlicher Fernblick, der Sitzplätze überspringen kann
Was soll's. Hier.
Armes Mädchen. Aber ehrlich, ich habe noch nie verstanden, warum solche Leute nicht für sich selbst einstehen.
Als wenn das so schwer wäre.

EMMIE

Normalerweise gehe ich nicht gern als Letzte aus dem Klassenzimmer, aber heute lasse ich mir Zeit. In der nächsten Stunde habe ich Sport.

Garantiert wurde Sport bloß erfunden, um Schüler zu quälen. So wie die ganzen anderen Schikanen, mit denen Lehrer in früheren Zeiten durchkamen, als meine Eltern noch zur Schule gingen.

Wenn man versucht, im Schulalltag cool und unauffällig zu bleiben, ist der Sportunterricht kein guter Ort dafür. Denn irgendwann ist man gezwungen, bei etwas MITZUMACHEN.

Beim Sport läuft nie etwas nach Plan. Ich meine wirklich *nie*. Außer natürlich, man gehört zu diesen athletischen, körperbetonten Typen.

Manchmal wünsche ich mir Moms Fitnessgene. Andererseits hat sie damit erst angefangen, nachdem ich geboren wurde. Aber plötzlich – **Tadaa!** – begann sie, 5 km zu joggen, dann 10 km, dann Halbmarathons, dann folgten Kurse in „Extrem Cardio“, „Soul Cycling“ und „Power Yoga“ und ... na ja, sagen wir mal so: Für ihren „zweiten Frühling“ bekommt sie jede Menge begeisterten Beifall.

Meine Mutter sagt, sie hat genauso angefangen wie ich und früher nie Sport getrieben. Sie nennt mich einen „Spätzünder“ und geht davon aus, dass es mich auch erwischt, wenn ich älter werde. Bei meiner bisherigen Entwicklung würde ich sagen, das dürfte noch eine Weile dauern.

Heute machen wir Gymnastik. Das ist vermutlich das fieseste Kursthema, das je erfunden wurde (außer Algebra). Das Gute an unserer Lehrerin Mrs Durdle ist, dass wir alles genau vorgemacht bekommen und viel Zeit zum Üben haben.

Das Schlechte an Mrs Durdle ist, dass sie Schüler zum Vormachen benutzt (und dass wir viel Zeit zum Üben haben).

Heute sucht sie sich natürlich die Stillste der Klasse aus, um die erste Lektion zu demonstrieren: mit geraden Beinen die Zehen berühren.

Kaum zu glauben, aber der eigentliche *Sport* ist noch nicht einmal das Schlimmste am Unterricht.
Viel gruseliger ist die Umkleide. Man muss sich vor allen ausziehen.

Und hinterher gleich **noch mal**.

Keine Ahnung, warum mir das so peinlich ist. Schließlich schaut mich dabei nie jemand an.

Ich schätze, wenn man schüchtern, mager und vorne flach ist, kann das manchmal auch Vorteile haben.

Als es zur Sportstunde klingelt, sprinte ich in die Umkleide.
Sport-BH vergessen
Deo vergessen
KATIIIE!
Schamgefühl vergessen
kaputt
wackelig
gute Bank

Viele meiner Freundinnen sind im Sportkurs. Andererseits habe ich Freundinnen in allen meinen Kursen. Glück gehabt.
schnatter
schnatter
schnatter
KIPP
knirsch

Heute sind Fitnessübungen dran. Mrs Durdle bittet mich, die Bauchpresse richtig vorzuführen.
Seht ihr das alle? Katie hält den Hals ganz gerade.
Muskeln aus Stahl
Muskeln aus Stahlwolle
Ein- oder zweimal verbocke ich die Haltung. Im Mittelpunkt zu stehen, ist nicht immer leicht.
uups (kicher)
Du bist so crazy!
Nach dem Fitnessprogramm verbringen wir den Rest der Stunde mit Freiübungen. Das bedeutet üblicherweise, auf den Sportgeräten rumzuliegen und zu quatschen.
tratsche! tratsch jungs quassel physiktest bla bla noch mehr jungs
PLONG

Zugegeben, nach einer Weile kann das etwas langweilig werden.
Statt über Jungs zu reden, sollten wir lieber nach welchen Ausschau halten!
Das hier ist ein Mädchenkurs.
Ach ja, stimmt.
PFEIF
Schluss für heute!

Na ja, wenigstens ist die Stunde vorbei, sodass ich wieder normale Klamotten anziehen kann. Schuluniformen für Sport, uäh!
kein Haar am falschen Platz
perfekt sitzender Sportdress
riecht immer noch gut
Frisur sieht aus wie ein Vogelnest
Körper riecht auch genauso

EMMIE

Als Nächstes habe ich Englisch. Zur Abwechslung komme ich mal nicht zu spät aus der Sportumkleide und lasse mir auf dem Weg zum Klassenraum viel Zeit. Ich hasse es, als Letzte hereinzuschneien, aber die Erste zu sein ist fast genauso unangenehm.

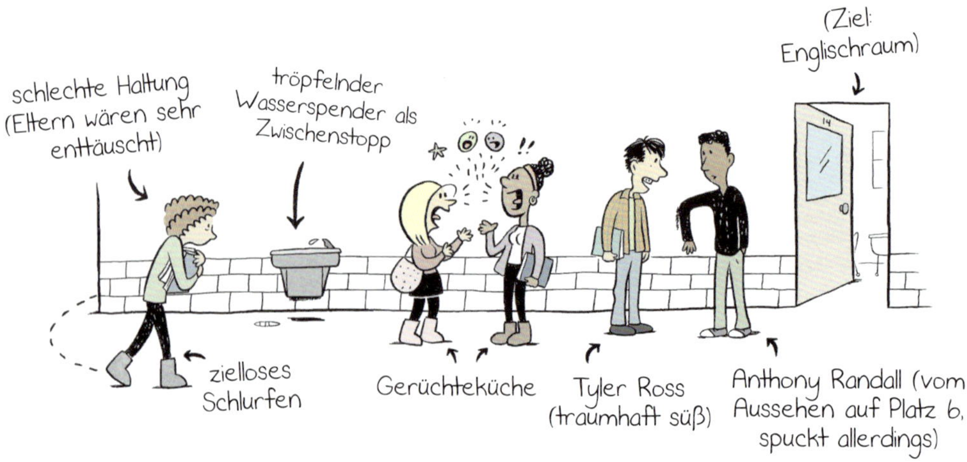

Nach einem kurzen Zwischenstopp am Wasserspender komme ich an meinem heimlichen Schwarm vorbei. Tyler Ross. Er schaut nicht mal in meine Richtung. Andererseits starre ich ihm auch nur auf den Magen.

Na ja, wenigstens hat er mich endlich mal bemerkt.

Ich sollte vermutlich eine kurze Rückblende einlegen und euch von Tyler Ross erzählen. Wir waren schon zusammen im Kindergarten.

Damals hat er mich genauso wenig bemerkt wie heute. Schade eigentlich, denn als wir uns zum ersten Mal begegnet sind, war ich auf dem Höhepunkt meiner Niedlichkeitsphase.

Meine Schwärmerei für ihn begann allerdings erst in der vierten Klasse, als mir im Flur mein liebstes Hello-Kitty-Radiergummi hinunterfiel und er es aufhob. Er gab es mir und lächelte.

Oder er hob die Mundwinkel ein bisschen. Ich bin nicht einmal sicher, ob er mich wirklich sah. Aber trotzdem reichte das völlig. Ich verliebte mich Hals über Kopf.

Ich kann mich sogar erinnern, dass ich am Nachmittag nach Hause kam und versuchte, sein Gesicht auf Papier festzuhalten.

Zuerst habe ich niemandem davon erzählt, nicht einmal Brianna. Ich glaube, ein abergläubischer Teil von mir wollte lieber den Mund halten, weil es sonst Pech bringen könnte. Ungefähr so, wie man beim Ausblasen von Geburtstagskerzen auf keinen Fall aussprechen darf, was man sich wünscht.

In der fünften Klasse wurde das Schweigen schließlich so anstrengend, dass ich Bri doch alles erzählt habe. Ich fühlte mich enorm erleichtert. Bri gestand, dass sie Anthony Randall besonders mag (den Dauerspucker). Fragt mich bloß nicht, warum.

Tyler Ross und Anthony Randall sind beste Freunde, genau wie wir beide, und ständig zusammen. Dadurch war es für Bri und mich einfach, die beiden auf dem Heimweg unauffällig zu ~~verfolgen~~ begleiten.

Wir warteten bis Schulschluss und blieben immer einen halben Block hinter ihnen, damit sie uns nicht bemerkten. Zum Glück wurden wir nie erwischt.

Irgendwann erfuhr Mom von meiner Verliebtheit. Sie hörte mich zufällig davon reden, als Bri bei mir übernachtete. Zumindest **glaube** ich, dass es nur ein Zufall war.

Ich ließ sie schwören, dass sie Dad nichts erzählen würde.

Dann ließ ich sie schwören, nie wieder davon zu reden.

Im Laufe der Jahre fand ich eine Menge über Tyler Ross heraus. Zum Beispiel ist er gut in Sport und hat viele Freunde. Er bekommt super Noten (Einsen und Zweien). Er spielt Trompete in einer Band. Er trägt oft Orange. Er hat ein kleines Muttermal, das wie eine abstehende Sommersprosse aussieht, rechts neben der Nase. Das weiß ich nur, weil er einmal unsere Mathetests eingesammelt hat. Ich schaute hoch, bevor mir klar wurde, wer vor mir stand. Aus irgendeinem Grund sprang mir das Muttermal direkt ins Auge.

Aber was ich am allerallermeisten an ihm mag, ist sein Lächeln. Er lächelt oft (sogar mit Zahnspange!) und ist freundlich und nett zu allen. Na ja, außer wenn ein tollpatschiges Mädel direkt vor ihm ausrutscht.

Im letzten Jahr ist es mir endlich gelungen, ihn lebensecht auf Papier zu bannen:

Okay, aber zurück zur Englischstunde. Das ist der einzige Kurs, in dem ich ganz hinten sitze. Wenn wir nicht gerade Aufsätze schreiben, zeichne ich. Mrs Winn ist ziemlich zerstreut und merkt grundsätzlich nichts.

Tatsächlich bin ich in Englisch richtig gut. (Ich habe eine 1-.) Meine Theorie ist, dass ich mich beim Zeichnen besser konzentrieren kann. Ist das schräg?

Außerdem mag ich den Kurs, weil Tyler Ross zwei Reihen vor mir sitzt und ich so die rechte Hälfte seines Rückens anstarren kann. Heute trägt er ein Shirt in Grau und Orange, an dem ein kleiner Fussel klebt.

Es wäre so wunderbar, einmal seine Schulter anzufassen. Oder mit ihm zu reden.

Manchmal frage ich mich, ob er mich überhaupt bemerkt.

... führen zu unterschiedlichen Veränderungen ...
Psst. Gib das an Katie weiter.
kritzel kritzel
Willst du mit mir ausgehen?
trommel trommel
Gib das an Tyler zurück.

Präpositionen haben noch andere Funktionen als nur die zeitliche ...
kicher
OKAY
kritzel
kritzel
kritzel

EinDateMitTylerEinDateMitTyler
EinDateMitTyler!!!!!
kritzel
kritzel
äußerlich cool,
innerlich
Glückstanz

EMMIE

Mittagspause. Brianna und ich haben in der Schulkantine unseren festen Platz. Der Tisch steht hinten bei der Eistruhe. Wir sitzen zusammen mit Sophia Gresker, Lizzie Freed und ein paar anderen von der Kunst-AG. Allerdings liegen mindestens drei freie Plätze zwischen uns.

Bri und ich haben beide Essen von zu Hause mit. In ihrem Fall, weil sie alles Mögliche nicht isst. Sie hat keine Allergien oder so. Es gibt ganz einfach nur drei oder vier Nahrungsmittel, die sie mag: Pizza, Pizza mit Würstchen, Pizza Hawaii … ach ja, und Erdnüsse im Vanillejoghurtmantel, was schon auf schräge Art speziell ist. Manchmal bin ich kurz davor, ihr zu sagen, dass sie kein Kleinkind ist und sie mal was anderes probieren soll, aber Bri würde vermutlich nur mit einem verächtlichen Schnauben auf meinen Aubergine-Quinoa-Salat schauen. Das kann ich ihr nicht einmal verdenken.

Was mich angeht, tja ... das liegt an meiner Mom. Sie kontrolliert zwar nicht wirklich, was oder wie viel ich esse ... aber sie bestimmt, welche Lebensmittel bei uns ins Haus kommen. Das bedeutet:

Wenigstens darf ich einmal pro Woche ein normales Kantinen-Essen kaufen. Aber das muss ich von meinem Taschengeld bezahlen. Und weil ich gerade alles für ein neues Skizzenbuch ausgegeben habe, esse ich eben den Auberginen-Quinoa-Salat vom Vorabend.

Die Kantine ist randvoll, denn sie wird von der gesamten Unterstufe benutzt. Man sollte meinen, dass der laute, überfüllte, in Cliquen aufgeteilte Saal für mich Megastress bedeutet, aber solange Brianna bei mir ist, macht mir das alles

wenig aus. Das funktioniert nur dann nicht, wenn sie zum Beispiel krank zu Hause liegt. Dann verstecke ich mich in der Schulbücherei.

Heute ist unsere Ecke lauter als sonst. Alle „Schüler des Monats" dürfen sich kostenlos ein Eis-Sandwich nehmen, also knallt der Truhendeckel rekordmäßig oft.

Halb um uns abzulenken und halb zum Spaß schlägt Brianna vor, unserem jeweiligen Schwarm einen möglichst kitschigen Liebesbrief zu schreiben, der vor Romantik trieft. Nicht etwa, weil wir sie den Jungs geben wollen, sondern einfach nur so.

Ähnliche Spiele denken wir uns in der Mittagspause öfter aus. Zum Beispiel mixen wir möglichst ungenießbare Teile vom kostenlosen Beilagenbüfett und wetten, ob wir das Ergebnis in den Mund nehmen können, ohne zu würgen (das Schlimmste war Pizzakäse + Mayonnaise + Softeis). Mein Lieblingsspiel ist das Skulpturenbauen aus Plastikbesteck. Die albernen Göffel eignen sich dafür besonders gut.

Wo wir gerade von den Göffeln reden ... Ein Wettbewerb bestand darin, möglichst viele Besteckorten zu erfinden, die zwei Funktionen gleichzeitig erfüllen. Zusammen kamen wir auf vierundzwanzig.

Heute lasse ich mich auf das Liebesbrief-Spiel ein. Wir denken ein paar Minuten nach und notieren Stichworte.

Sie liest noch ein paar verrückte Verse, und ich kichere wie wild.

Anscheinend ist mein Brief eher ehrlich-kitschig als witzig-kitschig geworden.

Überraschend schnell klingelt es. Ich schnappe mir die beiden Briefe und stecke sie in mein Englischheft. Als nächsten Kurs habe ich „Gesundheits- und Sozialkunde", aber erst muss ich noch zu meinem Spind. Also renne ich los.

KNALL
flatter

Mittagspause. Meine Freunde und ich haben Top-Plätze in der Kantine, nämlich genau mittendrin. Unsere Gruppe ist so groß, dass wir zwei Tische zusammenrücken müssen.
Tisch 1
Volley-ballerinnen
Klatsch-Girls
Tisch 2
Tyler
Basket-baller
Tyler starrt zu mir rüber, aber ich tue so, als würde ich ihn nicht bemerken. Morgan sagt, dadurch hält man Jungs bei der Stange.
scheinbar in ein wichtiges Gespräch vertieft, obwohl es in Wirklichkeit nur um YouTube-Videos geht

Ich mag es normalerweise nicht, beobachtet zu werden, aber bei Tyler fühlt es sich anders an. Irgendwie … schmeichelhaft.
Fastfood-Schlacht
Äh, Bro?
Trotzdem versuche ich die ganze Mittagspause hindurch, cool zu bleiben.
Als es klingelt, stürze ich raus zu meinem Spind. Ich schnappe mir meine Bücher und frische meinen Lipgloss auf.
Lipgloss „Scharfer Oreo"
Beeil dich, Katiiie!
Raumerfrischer „Jasmin im Winter"
Naturduft „Regenbogen-zauber"

Bevor ich weiß, wie mir geschieht, rennt Joe Lungo in mich hinein.
REMPEL
Au! Hey, was ist das?
KREISCH!
Ein Liebes-gedicht.
Es ist für Tyler Ross.
Was?
KREISCH!!
Ich glaube, das ist dem Mädchen runtergefallen, das nie was sagt. Siehst du? Da ist auch eine Zeichnung.
Oooohh!

EMMIE

Zu dieser Tageszeit hat sich mein Magen normalerweise entknotet. Okay, dafür habe ich vier Stunden gebraucht, aber Erfolg ist Erfolg.

Auf dem Weg zum Spind, um meine Bücher auszutauschen und die Tupperdose wegzupacken, gehe ich sogar ein bisschen aufrechter. Klar, damit riskiere ich Kopf und Kragen, aber Mom und die Yoga-Frau wären stolz auf mein „aufblühendes Rückgrat".

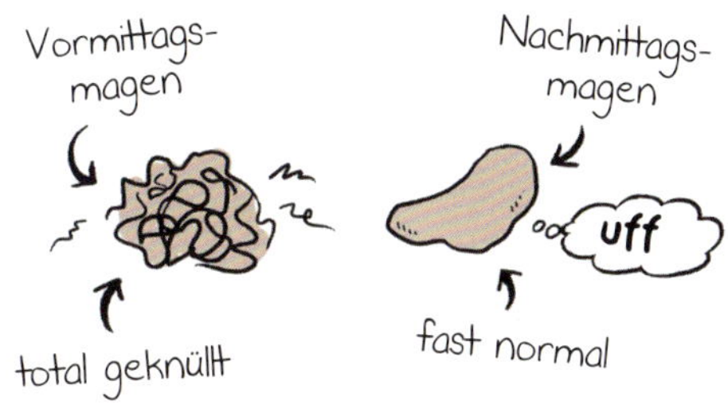

Kaum bin ich im Klassenraum angekommen, verkündet Mr Bauman, dass die Heizung kaputt ist und wir in die Bibliothek umziehen müssen, bis der Schaden repariert ist. In der Zwischenzeit sollen wir uns selbst beschäftigen.

Das sind gute Nachrichten. Ich liebe die Schulbücherei. Dort ist es immer superruhig und friedlich. Also genau meine Welt. Außerdem ist die Bibliothekarin ein Fan von mir.

Unser Kurs marschiert also zur Bibliothek. Uuund ... tolle Nachricht Nr. 2!!

Wie cool. Eine Extraportion Bri-Zeit! Wir machen es uns zusammen an einem Tisch bequem.

Wir einigen uns auf einen Kompromiss: Brianna lernt, und ich zeichne sie dabei. Vielleicht sauge ich ein bisschen von ihrem Wissen auf, wenn ich mich genug auf sie konzentriere.

Bri ist nicht gerade die Geduldigste, aber ich darf sie oft zeichnen, während sie lernt oder Hausaufgaben macht. Wahrscheinlich, weil sie dann so vertieft ist, dass sie kaum etwas mitbekommt.

(Manche Dinge ändern sich nie.)

Wenn ich länger zeichne, passiert etwas mit mir: Meine Gedanken beginnen abzuschweifen. Das ist ungefähr so, wie manche Leute beim Autofahren völlig abschalten und hinterher nicht mehr wissen, wie sie von A nach B gekommen sind.

Genauso geht es mir auch. Meine Zeichenhand tut von selbst, was sie soll, während meine Gedanken ganz woanders herumschwirren.

Jetzt wandern sie gerade in der Zeit zurück. Genauer gesagt, zum letzten Wochenende.

Eigentlich ist nichts Besonderes passiert. Aber ich konnte am Samstag mit Bri abhängen. Ihr Dad musste irgendwas Wichtiges erledigen und hat sie zu uns gefahren. Wir haben den Nachmittag vor allem mit Gesellschaftsspielen und YouTube-Videos verbracht. Zwischendurch haben wir geredet.

Na ja, du **sprichst**. Zumindest mit **mir**.
Warum kannst du nicht bei allen Leuten so locker sein?
Hör auf, Bri.
Ich meine es ernst. Es ist gar nicht schwer.
Ich will nicht darüber reden, okay?
Na gut. Aber ich habe recht, und das weißt du auch.

Ja, natürlich hat sie recht. Ich habe es auch manchmal satt, so ... na ja, ich zu sein. Aber was ich **überhaupt** nicht leiden kann, ist Bris typische Rechthaberei bei dem Thema. Sie hat leicht reden. Stimmt, Bri ist ein ziemlicher Nerd, aber trotzdem geht sie gerne auf Leute zu und zieht Freundschaften regelrecht an. Außerdem ist sie schlauer als ich, also hat sie natürlich mehr zu sagen.

Meine Eltern wollen auch immer, dass ich mich „öffne". Besonders meine Mom, die ziemlich gesprächig ist. Andererseits ... eigentlich redet sie schon genug für uns beide.

Bei meinen Eltern benehme ich mich zwar lockerer und offener, aber ich würde ihnen nicht gerade meine intimsten Geheimnisse anvertrauen. **Keine Chance.** Sonst wird es nur wieder peinlich.

Manchmal denke ich, dass es auch Vorteile hat, still und unauffällig zu sein. Bei mir gibt es keine Dramen. Ich kann in Ruhe tagträumen oder malen. Aber manchmal stört es mich auch ziemlich. Ich schätze, daher kommt der geknüllte Magen.

Bri hüstelt, und meine Gedanken springen zurück in die Gegenwart.

radier
radier
kritzel
kratzel
kritzel
knitter
HA
HA
HA
Beruhigt euch ein bisschen, okay?
kicher
Sorry.

Ich habe keine Zeit, über den Brief nachzudenken, denn ich bin spät dran. Doch dann …
Wir ziehen in die Bibliothek um.
Sorry, Leute, ist nur für eine kurze Weile.
Lehrerin spielt Flurpolizei
Ruhe in den Korridoren, bitte!
JUHUUU!!
Bei unserer Ankunft ergattern meine Mädels und ich ein Plätzchen ganz hinten. Perfekt, um unbemerkt unsere Handys zu zücken.
simst mit Tyler
simsen sich gegenseitig
klick klick
klick
Tyler und ich haben unser erstes tiefgründiges Gespräch.
ich
Was geht?
er
Nix. Bei dir?
Nö. Biblio.
Cool.
:-)
So etwas habe ich vorher noch nie gefühlt. Und ich spüre, dass es ihm genauso geht.
So habe ich mich noch nie gefühlt.
Wirklich?♥♥
Jo, ich glaube, die Pizza war schlecht.

Erst jetzt bemerke ich, dass in der Ecke das stille Mäuschen und ihre beste Freundin sitzen … die mit dem IQ … wie heißt sie noch? Brittany? Beyoncé?
Hey, ist das nicht die, die Tyler diesen Brief …
Pst!
Pling
Noch da?
BÜCHER DES JAHRES

Tyler schickt weitere Nachrichten, und ich will mich nicht unnötig ablenken lassen.
Reden wir nicht darüber, okay? Guckt mal – Tyler hat mir einen verliebten Smiley geschickt!
Meinst du die Pizza mit dem Depri-Gesicht?

Das ist bestimmt ein Code. Du weißt schon …
„Ich ♥ dich noch mehr als Pizza."
Oooh, klar.

Wir analysieren weiter Tylers romantische Nachrichten, bis es Zeit ist, zurück zum Unterricht zu gehen.
Pling
c u l8r
Da könnte er auch gleich „Ich ♥ dich" an den Himmel schreiben.
kicher
Beruhigt euch ein bisschen, okay?
Sorry.

EMMIE

Viel zu schnell verkündet Mr Bauman, dass die Heizung wieder läuft. Widerwillig reiße ich mich vom Bibliothekstisch los und kehre in die Klasse zurück.

Manchmal ist Gesundheits- und Sozialkunde sogar interessant (die Stunde mit dem Thema „Fortpflanzung" war ziemlich unterhaltsam), aber manchmal auch gähnend langweilig (gesunde Ernährung ... aargh. Dank meiner Mutter könnte ich das glatt auch unterrichten).

Heute reden wir über Selbstbewusstsein. Mr Bauman will, dass wir eine Collage basteln, die unsere „Persönlichkeit" abbildet, vor allem „Hoffnungen und Träume" sowie „positive Charaktereigenschaften".

Ich bin ziemlich aufgeschmissen.

Aber immerhin besser als letzte Woche, als wir uns die ganze Stunde einen Vortrag über Körpergeruch anhören mussten.

Nachdem ich eine Weile in zwanzig Jahre alten Zeitschriften geblättert habe, finde ich etwas über Kunsthandwerk und beginne, Bilder auszuschneiden. Dann entdecke ich noch ein paar niedliche Tierfotos und klebe sie dazu. Ich liebe Tiere. Aber meine Eltern sind nicht der „Haustier-Typ", also hatte ich nie welche – außer man zählt tote Goldfische und Zimmerpflanzen dazu. (Wahre Geschichte: Ich habe mal eine Schnur um Moms Minikaktus geknotet, ihn mir als Hundebaby vorgestellt und durchs ganze Haus geschleift. Merke: Stacheln im Teppich **tun weh**.)

Mr Bauman geht herum, um sich unsere Collagen anzuschauen. Als er meine sieht, mustert er sie eine gute Minute lang. Ich komme mir vor wie unterm Mikroskop.

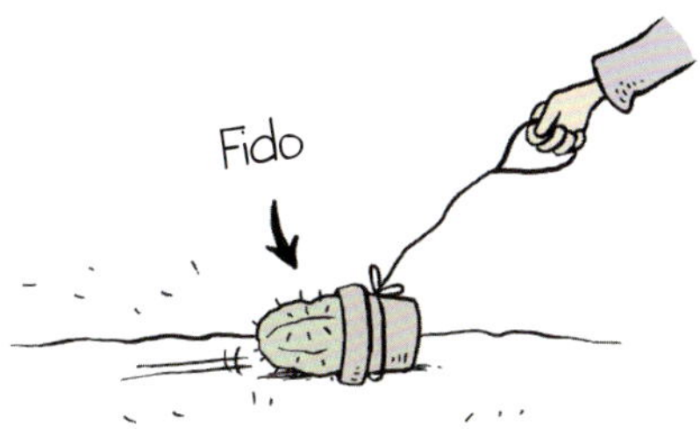

Nicht schlecht, Emmie. Aber das sieht noch ein bisschen … leer aus.
Oh.
Du hast ein paar Dinge aufgeklebt, die du **magst**. Vielleicht könntest du noch Bilder hinzufügen, die deinen Charakter beschreiben. Also, dich **persönlich**.
Okay.

Tatsache ist, dass die ganzen Leerstellen meine Persönlichkeit ziemlich treffend beschreiben.

Das war's, ich brauche eine Pause. Also stehe ich auf, um mir noch mehr Zeitschriften zu holen.

Während ich an den anderen Tischen vorbeigehe, habe ich das Gefühl, beobachtet zu werden. Dabei schaut mich sonst nie, **nie** jemand an. Irgendwie beunruhigend. Ich wünschte, ich hätte einen Stapel Bücher, um meinen Kopf darin zu vergraben. Andererseits könnte es passieren, dass er eines Tages für immer stecken bleibt.

Hinter mir höre ich ein komisches Geräusch wie ein unterdrücktes Kichern. Ich bin nicht sicher, aber ich glaube, es kommt von Joe Lungo. Er spielt immer den Klassenclown.

Falls ihr euch fragt, wer Joe Lungo eigentlich ist: Ich bin ihm erst hier in der Mittelschule begegnet. Seine Grundschule war am anderen Ende der Stadt.

Weil unsere Mittelschule so groß ist, wird jeder Jahrgang in drei „Teams" mit eigenen Lehrern aufgeteilt. Joe Lungo gehörte gleich zu Anfang zu meinem Team, den NEUtronen. Und bei meinem üblichen Glück war es kein Wunder, dass er jetzt in der Siebten auch in meiner Gruppe gelandet ist.

Er ist ziemlich nervig. Die Jungs mögen ihn, weil er ständig Witze reißt. Die Mädchen können ihn nicht ausstehen. Im Moment ist schwer zu sagen, ob er aus seiner Nervigkeit irgendwann rauswächst oder sie noch bis ins Erwachsenenalter mit sich rumschleppen wird.

Vor Joe L. ist niemand sicher. Ich versuche, ihm aus dem Weg zu gehen, aber weil wir im Unterricht so eng zusammensitzen, ist das schwierig. Er schießt sich immer genau auf wunde Punkte ein. Und davon habe ich jede Menge.

Okay, aber jetzt zurück zu dem seltsamen Gekicher ...

Oh mein Gott. Diese Zeilen kenne ich. Aber das kann nicht sein. Das ...

NEIN, NEIN, NEIN, NEIN.

Ich renne Hals über Kopf zum Mädchenklo.

Ich schließe mich in einer anderen Kabine ein und heule garantiert zehn Minuten lang. Wie konnte das nur passieren? Ich fasse es nicht. Der Brief. Wie ist er an den Brief gekommen?

Es ist schon schlimm genug, die neueste Zielscheibe für Joe Lungos Witzeleien zu sein. Aber er ist auch noch mit Tyler Ross **befreundet**. Was bedeutet, dass er ihm den Brief wahrscheinlich schon gezeigt hat. Ich kann nichts weiter tun, als ihn zu bitten, dass er ihn mir zurückgibt.

Aber wozu sollte das gut sein? Mein Brief hat bestimmt schon die Runde gemacht.

Ich bin die größte Lachnummer in ganz Lakefront. Ich bin geliefert! Alle werden auf mir rumtrampeln, als sei ich ein vergammelter Toast auf dem Fußboden.

Jemand klopft an meine Kabine.

Zurück im Klassenraum für Sozialkunde. Heute basteln wir Collagen zum Thema Selbstbewusstsein. Ich muss zugeben, es ist gar nicht so einfach, meine ganzen Interessen, Hoffnungen und Träume auf einem winzigen DIN-A3-Blatt unterzubringen.
Uh ... wow.
Zum Glück bin ich früher fertig als nötig, sodass ich Zeit habe, mir die neuesten Flur-Events durch den Kopf gehen zu lassen.
ich in Gedanken
Zum Beispiel die Sache mit Joe Lungo und dem BRIEF.
Der ist für Tyler Ross.
Was?
KREISCH!

Zuerst frage ich mich, ob die Leute ihn nicht verdächtigen werden, den Brief selbst geschrieben zu haben. Als einen seiner Witze.
HA!
Bester Schulstreich aller Zeiten.
Aber nein, keine Chance. Das Gedicht ist gut geschrieben … super kitschig, aber strukturell okay. (Ich habe in Literatur eine 1.) Joes Schreibstil ist furchtbar.
Joseph Lungo, ich kann nur hoffen, dass du das nächste Mal besser vorbereitet bist.
grummel
Außerdem hätte er keinen Grund, sich Emma (?) auszusuchen. Sie hat ihm nie etwas getan. Die Arme **existiert** für ihn doch kaum.
schnatter schnatter
Also okay, alle werden wissen, dass der Brief wirklich von ihr stammt.
Eines muss man ihr lassen: Sie hat einen super Geschmack.
Tyler „Traumtyp“ Ross

Ich bemerke, dass Emm~~a~~ie aufsteht und zu Mr Bauman ans Pult geht.
?
schnaub
Joe L. kichert ständig vor sich hin.

„Deine Augen funkeln wie ein Sternen-meer."
Oooh nein.

SAUS

Ich entschuldige mich beim Lehrer und gehe ebenfalls aufs Klo.
schnief
klopf klopf
Hey, bist du okay?
Was machst du denn hier?
Aaah
Ich wollte nur nach dir sehen. Joe ist ein Idiot.
Stimmt. schnief Danke.
Ich habe den merkwürdigen Drang, ihr zu helfen. Vielleicht, weil sie immer so still ist. Irgendwie tut sie mir leid.
Wenn du willst, gehen wir zusammen zurück. Oder ich sage dem Lehrer, dass du krank geworden bist.
Schon okay. Ich geh wieder rein.

Sie ist ziemlich fertig. Wäre ich auch. Aber ich würde außerdem meine Rache planen.
schnief
Wir könnten seinen Spind mit Klopapier vollstopfen. Oder wir füllen seine Oreo-Kekse mit Zahnpasta, oder ...
Als wir zurückkommen, nähert Mr Bauman sich gerade dem Ende seiner Projekt-Abschlussrede. Das heißt, die Jungs halten ihre Klappe.
kritzel kritzel
kicher
Sieht so aus, als hätte ich jetzt eine neue Mission.
knurr
noch vernichtenderer Blick
miep

EMMIE

Ich sterbe. Schluss. Aus. Mein Leben ist **vorbei**.

Aber zuerst muss ich noch zu Spanisch.

Die gute Nachricht: Der Kurs ist gleich im Raum nebenan, und keiner der betreffenden Jungs – inklusive Tyler Ross – nimmt daran teil.

Die schlechte Nachricht: Vor lauter Erniedrigung ist von mir nichts weiter als eine Glibberpfütze übrig (siehe Prä-Prolog).

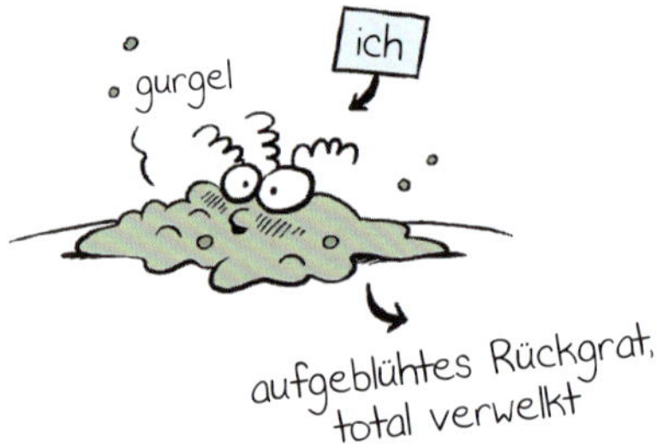

Kann der Tag noch schlimmer werden?

Die nächsten vierzig Minuten schleppen sich nebelhaft dahin. Ich reiche Señora Quell meinen Testbogen und habe keinen Schimmer, was darauf steht.

Jetzt muss ich auf dem Weg zum Geschichtskurs die ganze Schule durchqueren. Ich atme zehnmal tief durch und renne vor allen anderen aus der Tür. Vermutlich laufe ich schneller als am „Sprint-Tag" im Sportunterricht.

Ich kann nicht glauben, dass ich dank Joe Lungo meine Seele vor Tyler Ross entblößt habe. In der Schule kann ich niemandem mehr in die Augen schauen ... besonders nicht ihr-wisst-schon-wem.

Gerade, als ich glaube, der Albtraum könnte nicht mehr schlimmer werden …

Inzwischen fragt ihr euch wahrscheinlich, wieso ich auf Emmie nicht eifersüchtig bin. Ich meine, immerhin hat sie meinem Freund einen Liebesbrief geschrieben.
mein Test
1+
1+

Um ehrlich zu sein, ist sie zwar irgendwie nett, aber nicht gerade ... Konkurrenz.
Tyler!
!

Hi

EMMIE

Ich lasse mir wirklich Zeit, in die Klasse zu kommen. Außerdem nehme ich einen anderen Weg als sonst. Zu meiner sehr großen Erleichterung sind in diesem Trakt vor allem Fünftklässler unterwegs. Für die bin ich ungefähr so interessant wie die eigene Achselhöhle.

Ich schaue auf mein Handy. Inzwischen ist es kurz nach eins. Ich muss noch drei Kurse durchstehen, bevor ich nach Hause kann: Geschichte, Mathe und Kunst. Vermutlich werden das die längsten Stunden meines Lebens. Andererseits bin ich ja schon tot, also ist das eigentlich egal.

Ich schleiche die Treppe hoch zum Geschichtsraum.

Während ich nach einem Loch suche, in dem ich versinken kann, denke ich über die Begegnung mit Tyler Ross nach.

Er hat mich nicht wie Luft behandelt oder sich an mir vorbeigedrückt. (Ungefähr so:)

Er hat nicht fies gegrinst oder Witze gerissen, um seine eigene Verlegenheit zu überspielen. (Ungefähr so:)

Nichts davon. Er hat einfach ... „Hi" gesagt.

Aber wieso? Tut ihm die Sache leid? Hat er Mitleid mit mir? Oder könnte es möglich sein, dass er ... den Brief ... vielleicht ... mag?

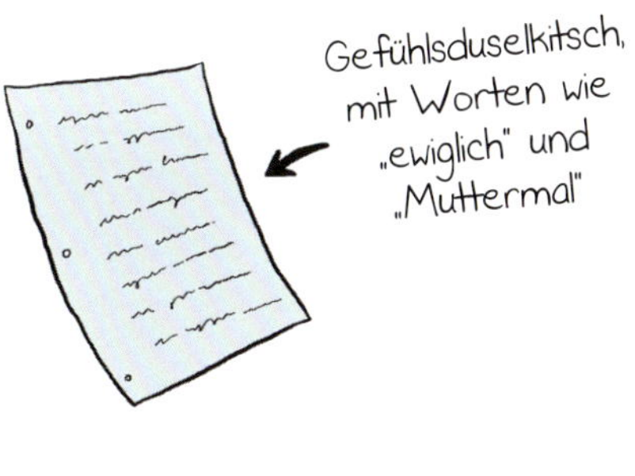

Nein, das ist definitiv ausgeschlossen.

Ich sage mir, dass Tyler – süß und nett, wie er eben ist – aus reinem Mitgefühl freundlich zu Emmie war. Also kein Grund, ihr nicht weiter zu helfen.
Emmie! Warte mal.

Sieh mal an, das Lovergirl!
Hau ab, Joe!
Wieso lässt du dir das gefallen?
Ich versuche, ihn zu **ignorieren**.
Aber das klappt nicht. Stopf ihm doch einfach den Mund!
Wie denn? Ich bin nicht du.

Wie meinst du das?
Die Leute hören **dir** zu.
Sie sehen **dich**. Nicht mich.
Na ja, vielleicht können sie dich auch gar nicht hören und sehen, weil du immer nur flüsterst und durch die Schule huschst, als ob du unsichtbar sein möchtest.
Ach, vergiss es. Ich... Danke.

EMMIE

In letzter Minute mache ich einen Abstecher zu meinem Spind. Ich muss einfach nachschauen.

Jepp, der Brief ist wirklich weg.

Er muss mir nach dem Essen aus dem Heft gefallen sein. Ich bin so ein Idiot! Ich hätte mich mit beiden Händen daran festkrallen sollen.

Wie soll ich im nächsten Kurs mit den Leuten umgehen? Wenn ich Glück habe, wissen nur ein paar von ihnen Bescheid.

Ich betrete also (mit einem letzten kleinen Hoffnungsschimmer) die Geschichtsklasse.

Tja, so viel dazu. Wenn Joe Lungo etwas rumerzählt, verbreitet sich das schneller als ein Waldbrand.

Vergleichstabelle

Naturkatastrophen	schnelle Ausbreitung	zerstört Leben	brennt extrem	lässt sich aufhalten
Waldbrand	✓	✓	✓	✓
Joes Mundwerk	✓	✓	✓	✗

Nicht weinen, befehle ich mir. Leichter gesagt als getan. Ich muss mich mit jeder Faser meines Körpers anstrengen, die Tränen zurückzuhalten. Und dann ist mein Tisch auch noch in der mittleren Reihe. (Wenn ihr glaubt, ein Platz ganz vorne sei schlimm … tja, falsch gedacht.)

Wenigstens startet Mr Musko sofort mit dem Unterricht, und sein monotoner Vortrag ist meine Rettung. Alle, die vorher nicht aufhören konnten zu grinsen, tun es spätestens jetzt.

Ich schätze, wenn ich mich jemals wieder besser fühlen soll, brauche ich Brianna. Ich muss sie finden und mit ihr reden.

Als hätte sie meine Gedanken gelesen, vibriert in diesem Moment mein Handy, und auf dem winzigen Bildschirm leuchtet ihre Nummer.

Ich verstecke mich hinter meinem klobigen Geschichtsbuch, klappe das Handy auf und scrolle zu Bris Nachricht.

Sie klingt besorgt. Und panisch.

Oh, oh. Was jetzt noch?

Ich lasse vierzig Minuten lang Mr Muskos tödliches Geleier über mich ergehen, bis es zur Pause klingelt. Dann rase ich sogar noch schneller aus der Tür als, na ja …

Die Geschichtsstunde ist zu Ende, und ich schlendere mit meinen BFFs auf den Flur. Plötzlich finde ich Small-Talk über YouTube-Schminktipps gar nicht mehr so spannend. Ich glaube, ich warte lieber auf Tyler. Schließlich ist er jetzt mein FF (Fester Freund).
Ich komme gleich nach, Leute.

Brief

Das kann jetzt nicht wirklich passieren. Wir reden hier von **Emmie**. Sie ist zwar irgendwie ganz süß, aber keine Konkurrenz.

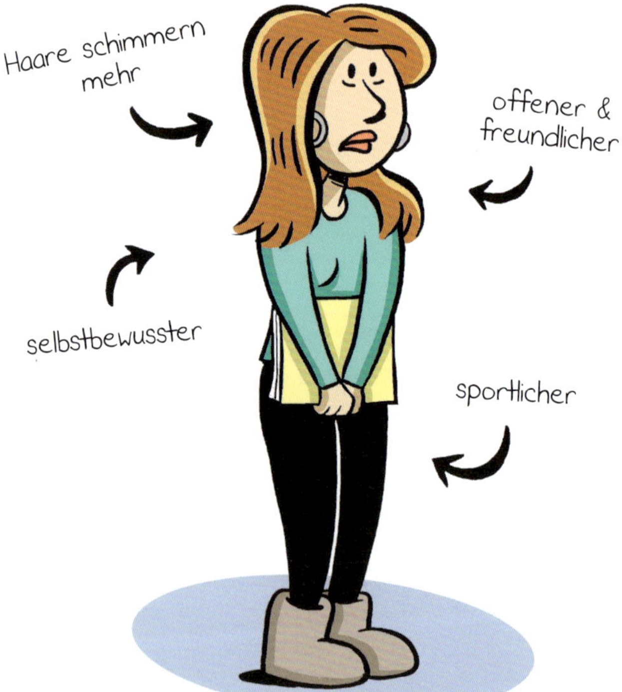

Oder?

Oh mein Gott, das hatte ich ganz vergessen. Ich hatte ja beide Briefe mitgenommen.

Gibt es hier ein Problem? Bitte, geht in eure Klassenräume.
'tschuldigung.

Besser, du findest den Brief, Em. Sonst bin ich nicht sicher, ob ich dir jemals verzeihen kann.

Okay, Tyler hat mich also nicht mal bemerkt, und jetzt marschiere ich ohne meinen Freund durch die Flure. Dabei bin ich in den Pausen **nie** allein. Was läuft hier eigentlich?
10

!

EMMIE

Ich muss unbedingt zu meinem Spind und mich versichern, dass Briannas Brief noch da ist, auch wenn ich dann zu spät zum Unterricht komme. Also renne ich in den ersten Stock. Meine Hände zittern so sehr, dass ich zweimal den falschen Code ins Zahlenschloss eingebe. Endlich bekomme ich ihn richtig hin und reiße die Tür auf.

Zum zweiten Mal blättere ich hastig meine Mappe durch und ... **ufff!**

Ich seufze vor Erleichterung. Endlich mal etwas, das heute nicht schiefgeht. Für einen winzigen Moment bin ich beinah froh, dass ich meinen Brief verloren habe und nicht ihren. Aber dann muss ich an Bris Worte denken, dass sie mir die Sache vielleicht nie verzeihen würde, und plötzlich bin ich gleichzeitig wütend und traurig. Würde es ihr wirklich so leichtfallen, mich als Freundin abzuschreiben?

Ich schicke Bri eine kurze, kühle Nachricht, dass ihr Brief in Sicherheit ist. Dann lasse ich das Handy zuschnappen und stelle es aus. Ich habe keine Lust auf eine Antwort von ihr.

Mir bleiben noch zwei Minuten, um zum Unterricht zu kommen. Dabei will ich am liebsten nur für immer hier rumstehen. Oder nach Hause gehen. Aber das tue ich nicht. Ich bewege mich auf den Klassenraum zu, als hätte mich eine außerirdische Macht übernommen.

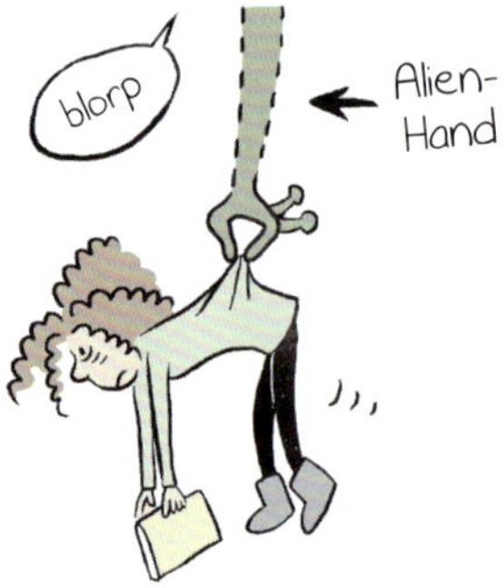

Mathe.

Ich hasse Mathe.

Tyler Ross ist auch in meinem Kurs, aber er sitzt weiter hinten. Mein Platz ist in der zweiten Reihe, also kann ich ihn nicht unauffällig anstarren. Vielleicht ist das besser so. Schließlich bin ich jetzt schon schlecht in Mathe, und Tyler anzustarren würde wahrscheinlich das letzte bisschen Lernstoff aus meinem Hirn blasen.

Ist auch eigentlich egal, denn im Moment will ich ganz, ganz, **ganz** sicher nirgendwo in seiner Nähe sein.

Als sei das nicht unangenehm genug, ist auch Joe Lungo in diesem Kurs. Er sitzt genau vor Tyler Ross.

Ich komme als Allerletzte in den Klassenraum, aber zum Glück schaffe ich es noch vor dem Klingeln. Kaum habe ich mich hingesetzt, höre ich das bekannte Kichern.

Totale Erniedrigung.

Ich komme in den Mathekurs, gerade als Tyler und seine Kumpel sich über Emmie lustig machen.
Sie könnte mir zur Antwort was Hübsches malen.

Das war's. Es gibt Grenzen, Mädels.
kritzel kritzel

Gib das an Tyler weiter.

RRINNNGG
Okay, Stunde beendet. Die Hausaufgaben stehen auf Seite 72 und 73.
Hab meine Meinung geändert. Ich will nicht mehr mit dir ausgehen.
Wieso?
Deine Freunde sind total kindisch. Und du machst einfach mit. Ich stehe nicht auf Feiglinge.
Emmie, warte.

Hör auf.
Wieso versuchst du ständig, mich in Schutz zu nehmen?
Was?
Ich kann mich selbst beschützen, okay?!

EMMIE

Während der Pause verstecke ich mich wieder im Mädchenklo. **Nur noch eine Stunde**, sage ich mir. Schwer zu übersehen, dass ich heute peinlich oft mit mir selbst rede. Und mich im Klo einschließe.

nicht mehr
besonders originell

Keine Ahnung, wieso ich hier ausnahmsweise ganz allein bin. Vielleicht ist das Baked-Beans-Fangirl endgültig explodiert. Vielleicht hat sich die Schminkfraktion entschieden, dass kurz vor Schulschluss niemand mehr beeindruckt werden muss. Ich bin einfach nur dankbar, dass keiner mitbekommt, wie ich hier hocke.

Ich heule mir alles heraus. Das geht überraschend schnell, was hilfreich ist, da mein nächster Kurs gleich anfängt. Vielleicht bin ich so bald damit fertig, weil ich zwar immer noch gedemütigt, aber vor allem supersauer bin. Anscheinend wird man Tränen der Wut schneller los … und mit deutlich mehr Gewalt.

Ich bin sauer auf Tyler Ross und seine Kumpel.

Ich bin sauer auf Brianna.

Aber vor allem bin ich sauer auf mich selbst.

Wie konnte ich zulassen, dass mir so etwas passiert?

Mom sagt, das Meiste, was geschieht, hat einen tieferen Sinn. Tja, danach suche ich noch. Vielleicht sollte meine Gefühlskrise den anderen einen lustigen Tag bescheren? Dann kann ich nur sagen: Mission erfolgreich beendet.

Ich spritze mir Wasser ins Gesicht. Meine Augen sehen ziemlich verheult aus, aber das ist mir inzwischen auch egal. Ich habe beschlossen, dass ich morgen krank spiele und dann nach Singapur auswandere (oder in eine andere Stadt irgendwo auf dem Globus, aber Singapur klingt einfach gut).

Ich schlurfe durch das Flurlabyrinth zum hinteren Treppenhaus. Hier herrscht ein großes Gedränge, aber ich mache mir ausnahmsweise keine Sorgen, dass ich angerempelt werde. Vermutlich tuscheln alle über mich. Ich halte den Kopf gesenkt und vermeide Blickkontakt.

Meine letzte Schulstunde ist Kunst. Der Kursraum ist im Keller. Vermutlich wegen der ganzen chemischen Dämpfe.

Normalerweise ist das meine Lieblingsstunde, aber jetzt hoffe ich nur, dass ich bis zum Schlussklingeln durchhalte. Über den Keller bin ich heute richtig froh, weil ich weit weg von jeder Zivilisation (und weiteren Demütigungen) bin. Die gute Nachricht: Kunst ist ein Wahlfach, also sind Joe Lungo und die meisten meiner üblichen Mitschüler nicht dabei.

Die schlechte Nachricht: Tyler Ross schon.

Er hat dieses Jahr neu mit Kunst angefangen. Keine Ahnung, warum. Sonst ist er eher der sportliche Typ. Vermutlich waren alle anderen Wahlfächer schon voll, und er musste seinen Stundenplan auffüllen.

Ich schwöre mir, dass ich ihn in der Stunde kein einziges Mal anschauen, sondern mich auf meine Arbeit konzentrieren werde. Nur noch dieser Kurs, dann ist der Schultag überstanden.

Aber wen sehe ich, als ich an der Treppe zum Keller ankomme? Das Trio des Grauens: Tyler Ross, Anthony Randall und Joe Lungo. Ich bleibe wie angewurzelt stehen.

Sie haben mich entdeckt.

Jetzt gibt es kein Zurück mehr.

Ich muss an ihnen vorbei.

Vermutlich hat mein Gesicht die Farbe von Rote Bete. (Ich hasse Rote Bete.) Trotzdem nehme ich meinen ganzen Mut zusammen, ignoriere sie und gehe vorbei. Aber dann setzt Joe sein breites, fieses Grinsen auf und kann natürlich den Mund nicht halten.

Mir wird innerlich total heiß, als würde mein Gesicht auf kleiner Flamme kochen. Aber nicht aus Verlegenheit – diesmal ist das Gefühl anders. Und dann passiert etwas Überraschendes.

Und dann passiert etwas **wirklich** Überraschendes.

Für eine Weile können Tyler Ro… **Tyler** und ich gar nicht aufhören zu lachen, als würde alles aus uns herausbrechen, was sich schon ewig aufgestaut hat. Ich schätze mal, Tyler hatte von Joe Lungos Witzen auch die Nase voll.

KUNSTSTUNDE
!!

EMMIE

Im Kunstunterricht sind alle Tische zusammengeschoben, sodass sie ein großes Viereck bilden. Dadurch kann man bei einem Stillleben ein Objekt in die Mitte stellen, das wir dann von allen Seiten abmalen können.

Heute arbeiten wir aber nur an unseren Mandalas weiter. Damit müssen wir vor den Winterferien fertig werden. Miss Laurie geht durch den Raum und schaut, wie weit wir alle gekommen sind.

Tyler redet mit mir. Ich kann es nicht fassen!

Ich denke irgendwie gar nicht mehr an den peinlichen Vorfall. Tyler macht es mir leicht, indem er herumwitzelt. Und ich witzele versuchsweise zurück.

Ich stelle fest, dass mein Herz nicht mehr so rast wie am Anfang. Mit ihm zu reden ist seltsam, aber gleichzeitig fühlt es sich irgendwie natürlich an – als würde ich mit Brianna abhängen.

Wow. Vor lauter Reden habe ich ganz vergessen, nervös zu sein.

Ich bin enttäuscht, dass er zurück an seinen Platz soll. Der befindet sich nämlich auf der anderen Seite des Vierecks. Aber dann fängt das Mädchen neben mir plötzlich an zu reden.

Ich fühle mich gleich besser. Sarah und ich unterhalten uns weiter, über unsere (schrecklichen!) Hausaufgaben in Geschichte und den bevorstehenden Test, wie unfair es ist, dass wir noch keine Ölfarbe benutzen dürfen, und über die Kunstausstellung der Schule. Wir hoffen beide, dass wir mitmachen können. Sarah prophezeit, dass sie vermutlich keine Chance hat und ich auf jeden Fall dabei sein werde.

Überrascht stelle ich fest, dass ich nicht nur mit einer, sondern mit zwei neuen Personen geredet habe. Ich. Mit zwei Personen. Ich hatte ein Gespräch mit einem Jungen, ohne zu einer Glibberpfütze zu zerfließen oder in Flammen aufzugehen. Kaum zu glauben, dass ich heute Morgen gerade eben fähig war, den Jungs bei meinem Spind ein „'tschuldigung" entgegenzuflüstern.

Vielleicht ist das gar nicht so schwer, wie ich dachte.

Etwas geschieht mit mir. Ich versuche zu sprechen, aber ich bringe nichts heraus.
Exzellen
steckt auch
DIR

Ich gehe den Flur entlang, aber niemand sagt „Hi" oder schließt sich mir an.
Tyler benimmt sich, als würde ich gar nicht existieren.

Mir kommt es vor, als würde ich allmählich ...
unsichtbar.

EMMIE

Das Unfassbare ist passiert.

Es klingelt zum Schulschluss, und ich gehe mit zwei neuen Freunden aus der Tür. Zumindest glaube ich, dass wir jetzt Freunde sind. Ich hoffe es.

Ich lasse den Tag noch einmal in meinem Kopf ablaufen und fühle mich besser. Nicht mehr am Boden zerstört. Mein Magen hat sich seit der letzten Stunde kein einziges Mal verknotet. Ich gehe sogar aufrechter. Anscheinend kann mein Rückgrat endlich durchatmen.

Oh, oh.

Jungs.
Andererseits ... na und?
Das sind doch nur ... Jungs.

Sorry.
Warte mal. Du bist doch das Mädchen mit dem Brief!

Wow. Ich bin tatsächlich okay, glaube ich.

Ich mache mich auf den Weg nach draußen. Aber plötzlich fällt mir etwas ein. Und ich fange an, mich ein bisschen einsam zu fühlen.

Eigentlich hätte ich für **dich** da sein sollen. War ich aber nicht. Ziemlich egoistisch, würde ich sagen.
Schon okay, Bri. Du hattest Panik. Das verstehe ich.
Danke.
Hey, willst du heute mit zu mir kommen? Ich kann dir bei Mathe helfen.
Okay, ich sag meiner Mom Bescheid.
Übrigens hat Anthony „Hi" zu mir gesagt. Und dabei nicht gespuckt!

Wir steigen in Briannas Schulbus und suchen uns einen Sitzplatz.

Wer ist das Mädchen? Sie ist hübsch.
Ach, irgendjemand halt.

Du zeichnest nie „irgendjemanden". Immer nur bestimmte Personen. Und Hände.
Okay.
Aber lach bitte nicht.

Also, das ist neu. Ich bin ganz allein.
unheimlich
keine SMS

Aber seltsamerweise bin ich nicht traurig.
Oder wütend.
Oder überhaupt irgendwas.

Emmie kommt ohne mich zurecht.
Und alle anderen auch.
Kein Druck mehr. Ich bin nicht länger die Tolle und Beliebte, die alles wissen muss.
Ich kann einfach nur ich selbst sein.
Zum allerersten Mal fühle ich mich richtig …
FREI!

EMMIE

Ich erzähle Brianna die ganze Wahrheit. Darüber, wie ich immer sein wollte:

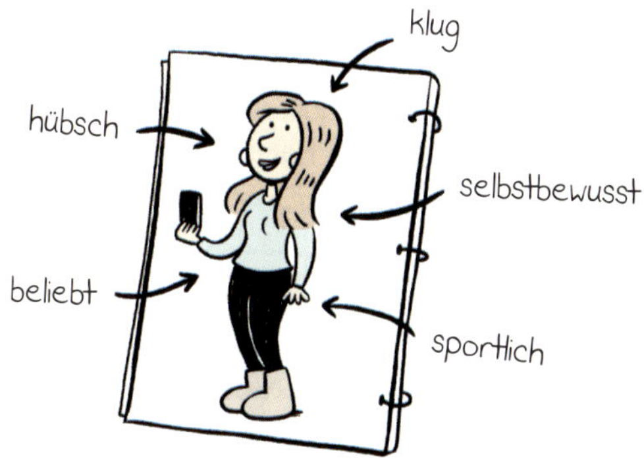

Und wer hätte gedacht, dass ich selbst dafür sorgen würde?

Zur Abwechslung war ich das ganz allein.
Und niemand sonst.

Außerdem muss ich ihr ja nicht **alles** erzählen.

Also hole ich tief Luft.

DANKSAGUNG

Ich möchte mich bei allen bedanken, mit deren Hilfe „Emmie Unsichtbar“ zum Leben erweckt wurde:

Bei Michael, meinem wundervollen Ehemann und größtem Unterstützer. Du glaubst immer an mich, auch dann, wenn ich es nicht tue.

Bei meinen Töchtern Mollie und Nikki, deren lustige, authentische und strahlende Wesen mich täglich inspirieren.

Bei meinen Eltern, meinem Bruder und meiner Schwester, die mich ermutigt haben zu zeichnen. Ich glaube, ihnen ist nicht klar, was für ein Monster sie erschaffen haben.

Bei Aaron, meinem anderen großartigen Fan.

Bei meinem Agenten Dain Lazar, einer dynamischen, engagierten und hart arbeitenden Maschine.

Bei meiner talentierten Lektorin Donna Bray, die Gedanken lesen kann. Irgendwie scheint sie immer zu wissen, was ich denke.

Bei meiner Grafikerin Katie Fitch, die trotz Heirat immer noch Zeit für den ungeheuren Job hatte, ein wundervolles Layout zu entwerfen.

Bei allen von Harper Collins und Writer's House für ihre stetige Unterstützung und Kompetenz.

Bei Mina, Kyla und Gabi, die das Buch vorab gelesen und rezensiert haben. Ihr seid genial!

Bei Stephan, der mich zu diesem Buch ermutigt hat. Deine Schuld.

Und bei dem Rest meiner Familie und Freunde, die ich mit endlosen Diskussionen um Emmies Entwicklung wahrscheinlich zu Tode gelangweilt habe. Tausend Dank für eure Geduld und Unterstützung.